Dieses Buch gehört

_____

Büchersterne

Liebe Eltern,

Lesenlernen ist eine Meisterleistung. Es gelingt nur Schritt
für Schritt. Unsere Erstlesebücher in drei Lesestufen unterstützen Ihr Kind dabei optimal. In den Büchern für die
1./2. Klasse erleichtern kurze Sinnabschnitte das Lesen,
und viele Bilder unterstützen das Leseverstehen.
Mit beliebten Kinderbuchfiguren von bekannten Autorinnen
und Autoren macht das Lesenlernen Spaß. 16 Seiten
Leserätsel im Buch laden zu einer spielerischen Aus-
einandersetzung mit dem Text ein.
So werden aus Leseanfängern Leseprofis!

Manfred Wespel

Prof. Dr. Manfred Wespel

Büchersterne – damit das Lesenlernen Spaß macht!

www.buechersterne.de

Mit Büchersterne-Rätselwelt

Erhard Dietl

Die Olchis
Das Stinkersocken-
Festessen

Verlag Friedrich Oetinger · Hamburg

Inhalt

1. Einladung von Urgroßtante Odele

Der Müllberg in Schmuddelfing
ist für die Olchis das Paradies!

Olchi-Papa rekelt sich in seiner
rostigen Badewanne und ruft:
„Seht mal, was da kommt!"

Eine Fledermaus flattert über seinem
Kopf.
Sie hat einen Zettel dabei
und landet neben der Olchi-Höhle.

„Muffelfurzteufel!",
ruft Olchi-Oma verwundert.
„Es ist ein Brief von Odele!"

Urgroßtante Odele
wohnt ganz allein
auf dem Schuttberg von Krempeldorf.

Sie ist 1700 Jahre alt
und bei den Olchis
nicht sehr beliebt.

„Heiliger Strohsack!", sagt Olchi-Opa.
„Von der alten Kratzbürste
haben wir schon lange
nichts mehr gehört."

Der Brief ist eine Einladung
zu einem Familientreffen.
Odele will allen Olchis
etwas Wichtiges verkünden.

Ein großes Festessen ist geplant,
und jeder soll
ein Geschenk mitbringen!

„Ich geh da nicht hin",
brummt Olchi-Opa.

Auch Olchi-Oma schüttelt den Kopf.
„Ich auch nicht!
Ich hab keine Lust,
mich von Odele wieder
anmeckern zu lassen."

„Feiglinge!", ruft Olchi-Papa.
„Bei einem Festessen
kneift man nicht!"

8

Die Olchi-Kinder sind neugierig
auf die uralte Urgroßtante.

„Auf nach Krempeldorf!", rufen sie
und holen den Drachen Feuerstuhl
aus der Garage.

Das Olchi-Baby nehmen sie auch mit.
Odele freut sich bestimmt,
wenn sie es mal sieht.

2. Odele meckert

Am Nachmittag landet Feuerstuhl
in Krempeldorf neben dem Schuttberg.

Eine Menge Müll und Schrott
liegt hier herum.
Aber ihren Schmuddelfinger Müllberg
finden die Olchis viel schöner.

„Da seid ihr ja endlich", ruft Tante Odele.
„Ihr habt mich aber lange warten lassen!"

„Hallo, Tante!",
rufen Olchi-Mama und Olchi-Papa.

Sie haben einen duftenden
Stinkerkuchen mitgebracht.

Doch Odele rümpft die Nase.
„Kann man den essen?
Ist er auch genug verbrannt?"

„Wir haben ein Lied für dich erfunden",
sagen die Olchi-Kinder stolz.

Doch Odele hat keine Lust auf Musik.
„Verschmutzt erst mal eure Hände",
sagt sie.
„Die sehen schrecklich sauber aus!"

Sie führt die Olchis
an einen langen Tisch,
und alle setzen sich.

„Wieso legt ihr eure
Füße nicht hoch?",
ermahnt Odele die Olchi-Kinder.
„Habt ihr keine Manieren?"

„Beim Kröterich,
das kann ja heiter werden",
murmelt das eine Olchi-Kind
und legt schnell die Füße
auf den Tisch.

„Was willst du
denn Wichtiges verkünden?",
fragt Olchi-Mama.

„Wann gibt es denn das Essen?",
fragt Olchi-Papa.

„Nur Geduld", sagt Odele.
„Wir warten, bis alle da sind."

3. Die Gäste kommen

Als Erstes stapft der blaue Olchi
über den Schuttberg.

„Hallöchen, Ödele!", ruft er.
„Ich kömme vön den blauen Bergen!
Hab dir einen töllen Besen mitgebracht.
Sauberkeit und Ördnung sind sö wichtig!"

Odele schüttelt den Kopf und brummt:
„Was bist du nur für ein
schrecklicher Saubermann!"

15

Dann kommt Olchison Crusel.
Er ist ein Piraten-Olchi,
und auf seiner Schulter
sitzt ein Papagei.

„Hallo, hier bin ich!", ruft Olchison.
„Ich hab dir Fußpuder
aus der Südsee mitgebracht.
Es ist aus alten Muschelschalen!"

„Musst du dich immer
in der Welt herumtreiben?",
meckert Odele.
„Kannst du dir nicht endlich
einen schönen Müllberg suchen?"

Dann trifft Tante Olga
aus Pampendorf ein.

Sie hat ihren Sohn
Othello mitgebracht
und als Geschenk
ein tolles Gemälde.

18

„Hallo, Odelchen!", ruft Olga.
„Ich hab dir ein Bild gemalt.
Gefällt es dir?"

„Du malst immer noch
deine Matschbilder?",
brummt Odele.
„Hast du nichts Besseres zu tun?"

Othello hat nichts mitgebracht.
Er kaut gelangweilt
an einer Fischgräte.

Othello will immer cool sein.
Deshalb trägt er lange Hosen
aus Müllsäcken.

„Du solltest dir
eine andere Frisur zulegen",
sagt Odele zu ihm.

Doch Othello zuckt nur
mit den Schultern.

In der Luft hört man ein Surren.
Es ist der Propellerschirm
von Mister Paddock.

Der Detektiv schwebt
mit seinem Schirm
über den Schuttberg,
und unten dran hängt
sein Gehilfe Dumpy.

22

„Hallo, Odele!", ruft Paddock.
„Wir kommen direkt aus London!"

„Und wir haben dir
englische Teebeutel mitgebracht!",
sagt Dumpy.

„Ausländisches Zeug ist
nichts für mich",
meint Odele.
„Davon bekomme ich bunte Flecken."

Als Letzter trifft
der faule Olchi-König ein.
Er winkt Odele majestätisch zu.

„Es ist mir eine Ehre, Odele!
Extra für dich habe ich
mein moderiges Schloss verlassen.
Hier ist ein Geschenk für dich:
Echt königliches Massage-Öl!"

„Du wirst ja immer dicker",
sagt Odele.
„Lässt du dich den
ganzen Tag nur verwöhnen?"

Endlich sind alle da!

4. Die uralte Stinkersocke

Odele erklärt:
„Ihr wollt wissen,
wieso ich euch gerufen habe?
Wir alle sind miteinander verwandt.
Ich bin mit 1700 Jahren die Älteste.

Es ist höchste Zeit für mich,
an einen Erben zu denken.
Heute will ich entscheiden,
wer von euch
mein Vermögen bekommt!"

26

„Welches Vermögen denn?",
fragt Olchi-Papa.

„Das da!", sagt Odele und zeigt
auf einen Haufen Sperrmüll.
„In den letzten Jahren
hat sich eine Menge
wertvolles Gerümpel angesammelt!"

Alle Olchis rümpfen die Nase.
Müll hat nun wirklich jeder
selber genug.

„Aber das ist noch nicht alles!",
erklärt Odele und hält
eine alte Socke in die Höhe.

„Das Wertvollste ist
diese wundervolle Stinkersocke.

Sie ist aus meiner Kindheit!
Sie ist 1600 Jahre alt!"

28

Alle Olchi-Gäste flüstern aufgeregt.
Odeles Socke duftet wirklich
ganz erstaunlich wundervoll.
Jeder möchte sie haben.

Olga sagt:
„Aber Odelchen,
willst du die
wirklich verschenken?"

Odele lächelt.

„Wie ich sehe, gefällt sie euch.
Bald werden wir wissen,
wer sie bekommt.

Ihr dürft mir jetzt alle
etwas Schönes kochen.
Wer mir das Beste kocht,
ist der Gewinner.
Er bekommt diese herrliche Socke!"

„Na toll", brummt Olchi-Papa.
„Das Festessen dürfen wir uns
also auch noch selber kochen."

5. Das große Wettkochen

Alle Olchis geben sich große Mühe!

Olchi-Mama und Olchi-Papa verfeinern
ihren mitgebrachten Stinkerkuchen
mit Sägemehl und kalter Asche.

Die Olchi-Kinder machen ein
Glühbirnenkompott
mit Holzbröseln und Tubenkleber.
Das wird eine feine Nachspeise.

Der blaue Olchi schneidet
seinen Besenstiel in Scheibchen
und brutzelt sie in der Pfanne.

Olchison zaubert einen
herrlichen Glasscherben-Auflauf
mit seinem Südsee-Muschel-Puder.

Olga kocht ein kräftiges Gulasch
aus Fahrradreifen und Dosenblech-
Scheibchen.

Othello kocht gar nichts.
Aber er probiert das Gulasch und
wirft noch einen rostigen Nagel hinein.

Paddock und Dumpy machen Tee
aus Knochenmehl und Stiefelsohlen.
Die mitgebrachten Teebeutel
gibt es als kleine Häppchen dazu.

Der Olchi-König hat
noch nie selber gekocht.
Er macht Matschbrühe
in einer Pfanne warm,
kippt das Massage-Öl hinein.

Alles, was die Olchis gekocht haben,
schmeckt wunderbar.

Und als Odele dann probiert,
will sie gar nicht mehr aufhören
mit Schmatzen, Schlabbern
und Schlecken.

6. Das Festessen beginnt

Am Ende rülpst Odele kräftig.

„Beim Läuserich", sagt sie.

„Noch nie hat jemand

so gut für mich gekocht!

Ich bin ganz gerührt, Stinkerlinge!"

In ihrem linken Glupsch-Auge

glitzert eine winzige Träne.

Alle sehen Odele verwundert an.

Wieso ist sie plötzlich so freundlich?

Odele fährt fort:

„Wie schön ist doch das Leben,
wenn alle so krötig zu mir sind.
Deshalb habe ich beschlossen,
mindestens noch 100 Jahre
länger zu leben!"

„Ach du gute Güte!
Und deine tölle Stinkersöcke?",
fragt der blaue Olchi.
„Wer bekömmt die jetzt?"

Odele schmunzelt.
„Die will ich dann
natürlich noch behalten.
In 100 Jahren sehen wir weiter.

Und nun lasst es euch schmecken,
liebe Stinkerlinge!
Das Festmahl hat begonnen!"

Das lassen sich die Olchis
nicht zweimal sagen.
Alle stürzen sich hungrig
auf ihre Köstlichkeiten.

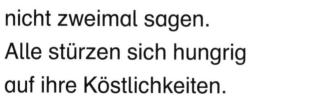

Als die Olchi-Kinder dann noch
ihr Olchi-Lied singen,
trällert sogar Odele kräftig mit.

Der Drache Feuerstuhl
ist vom olchigen Gesang
wach geworden.

Müde trabt er
hinüber zur Festtafel.
Er findet eine Stinkersocke,
die ganz wunderbar duftet.

Und noch bevor ein Olchi
„Muffelwind" sagen kann,
hat er sie schon aufgefressen.

Willkommen in der

Büchersterne

Rätselwelt

Hast du Lust auf noch mehr
Lesespaß?

Die kleinen Büchersterne haben
sich tolle Rätsel und spannende
Spiele für dich ausgedacht.
Auf der nächsten Seite geht es
schon los!

Wir wünschen dir viel Spaß!

Lösungen
auf Seite
56–57

Kannst du die Bilder den richtigen Sätzen zuordnen?

„Hallöchen, Ödele!", ruft er. „Ich kömme vön den blauen Bergen!"

„Ich hab dir Fußpuder aus der Südsee mitgebracht."

„Ich hab dir ein Bild gemalt. Gefällt es dir?"

„Hallo, Odele! Wir kommen direkt aus London!"

Büchersterne-Rätselwelt

1

2

3

4

Satz für Satz kannst du einen Olchi wegstreichen. Wer bleibt übrig?

Ich bin keine Frau.

Ich trage nichts auf dem Kopf.

Meine Hautfarbe ist grün.

Ich bin ein junger Olchi.

Mein Shirt ist rot.

Ich bin: _____

Wie viele Olchis besuchen Tante Odele?

Wie alt ist Tante Odeles Stinkersocke?

Wie viele Speisen werden gekocht?

Findest du die gesuchten Zahlen?

Zahlen-Rätsel

Hast du gut aufgepasst und kannst dich an alle Farben erinnern?

Welche Farbe hat ...

 Tante Odeles Kleid? _____

 der Olchi aus den
blauen Bergen? _____

 Mister Paddocks Hut? _____

die Stinkersocke? _____

Büchersterne-Rätselwelt

Olchi- ___ ___ ___

**Kennst du
meinen Namen?
Schreibe ihn auf!**

Wer bin
ich?

Findest du den Weg durch das Buch?

Starte auf Seite 8!

Wie viele Hörhörner hat ein Olchi? Gehe so viele Seiten weiter.

Zähle alle Fliegen und blättere so viele Seiten weiter.

Zähle die Buchstaben der 3. Zeile und gehe so viele Seiten weiter.

Büchersterne-Rätselwelt

Wie viele Tiere siehst du? Gehe so viele Seiten weiter.

Zähle die Töpfe und gehe so viele Seiten weiter.

Bist du bei mir angekommen?

Im unteren Bild sind 5 Fehler. Kannst du sie alle finden?

Welcher Weg führt zu Tante Odele nach Krempeldorf?

Woll-Wirrwarr

Würfel-spiel

**Spiel für zwei!
Startet ein olchiges
Kochduell.**

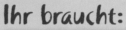

Ihr braucht:

1 Würfel
2 Spielfiguren
7 Kieselsteine

**Würfelt abwechselnd.
Landest du auf einer PFANNE
und kannst eine eigene olchige Speise
erfinden? Dann lege auf deinem Feld einen
Kiesel ab. Wer ein ganzes Menü mit Getränk
(also vier Kiesel) hat,
gewinnt das Spiel.**

Die Fledermaus bringt einen

 von Odele.

Mister Paddocks Gehilfe heißt

    .

Doch Odele rümpft die

☐ ☐ ☐ ☐ .

Als Letzter trifft der faule

Olchi- ☐ ☐ ☐ ☐ ☐ ein.

Jeder möchte die Stinkersocke

☐ ☐ ☐ ☐ ☐ .

LÖSUNGSWORT:

☐ ☐ ☐ ☐ ☐ ☐

55

Alle Rätsel gelöst? Hier findest du die richtigen Antworten.

Lösungswort: Pfanne

Seite 54–55 · Wortsuche
Brief, Dumpy, Nase,
König, haben

Seite 51 · Woll-Wirrwarr
Weg A

Seite 50 · Fehlerbild

Seite 42–43 · Bildsalat

„Hallöchen, Ödele!", ruft er. „Ich kömme vön den blauen Bergen!" = Bild 2

„Ich hab dir Fußpuder aus der Südsee mitgebracht." = Bild 3

„Ich hab dir ein Bild gemalt. Gefällt es dir?" = Bild 1

„Hallo, Odele! Wir kommen direkt aus London!" = Bild 4

Seite 44 · Lese-Logik
Ich bin: der Olchi-Junge.

Seite 45 · Zahlenrätsel
12, 1600, 7

Seite 46 · Farben-Rätsel
schwarz, blau, schwarz, dunkelgrau

Seite 47 · Wer bin ich?
Dumpy, Othello, Olchi-Opa

Seite 48–49 · Lese-Rallye
3 Hörhörner → Seite 11
6 Fliegen → Seite 17
12 Buchstaben → Seite 29
6 Tiere → Seite 35
2 Töpfe → Seite 37

Büchersterne

Das didaktische Konzept zu Büchersterne
wurde mit Prof. Dr. Manfred Wespel, Pädagogische Hochschule
Schwäbisch Gmünd, entwickelt.

© 2017 Verlag Friedrich Oetinger GmbH
Poppenbütteler Chaussee 53, 22397 Hamburg
Alle Rechte vorbehalten
Titelbild und farbige Illustrationen von Erhard Dietl
Einband- und Reihengestaltung von Manuela Kahnt,
unter Verwendung der Sternvignetten von Heike Vogel
Reproduktion: Domino Medienservice GmbH, Lübeck
Druck und Bindung: Livonia Print SIA,
Ventspils iela 50, LV-1002, Riga, Lettland
Printed 2017
ISBN 978-3-7891-0494-7

www.olchis.de
www.oetinger.de
www.buechersterne.de